看故事學語文

看故事
學閱讀理解 ①

誰來當總警長？

方淑莊　著

新雅文化事業有限公司

www.sunya.com.hk

看故事學語文

看故事學閱讀理解 ①
誰來當總警長？

作　　者：方淑莊
插　　圖：靜宜
責任編輯：葉楚溶
美術設計：何宙樺
出　　版：新雅文化事業有限公司
　　　　　香港英皇道 499 號北角工業大廈 18 樓
　　　　　電話：（852）2138 7998
　　　　　傳真：（852）2597 4003
　　　　　網址：http://www.sunya.com.hk
　　　　　電郵：marketing@sunya.com.hk
發　　行：香港聯合書刊物流有限公司
　　　　　香港新界大埔汀麗路 36 號中華商務印刷大廈 3 字樓
　　　　　電話：（852）2150 2100
　　　　　傳真：（852）2407 3062
　　　　　電郵：info@suplogistics.com.hk
印　　刷：中華商務彩色印刷有限公司
　　　　　香港新界大埔汀麗路 36 號
版　　次：二〇一八年七月初版
　　　　　二〇二〇年九月第三次印刷

ISBN: 978-962-08-7093-4

目錄

會說故事的人，作文洋洋灑灑、舉一反三，能具體表達想說的道理，每次分數都有保證。

不會說故事的人，作文沉吟良久、字數乾枯、欲言又止，說的道理抽象難明，每次分數都沒保證。

會說故事、能說故事，不論學校還是職場，都無往不利。

方淑莊肯定是個會說故事的人。她從事中文教育逾十載，熱愛創作，一系列《看故事學語文》的專書深入淺出，大受歡迎，深獲家長和學子好評，難能可貴。

方淑莊獲香港大學中國語文及文學碩士學位，語文基礎扎實，她期望通過說故事的方式教育孩子，既有助學子學好語文，還有助培養學子建立健全的人格，讓品德情意在文字美感的陪伴下潛移默化，讓好奇心在故事情節的引領下翻出一個個充滿活力的筋斗。

此書作者生花妙筆、巧思連連。但我更加關注的是，她有兩個兒子，即是說，她將會是自己專書的用家，她一定會在現

實生活不斷驗證，以便說更多小朋友、甚至成年人都喜歡的故事。

　　時間、地點、人物、起因、經過、結果，此記敍六要素，幾乎已成說故事的定式，且看創作經驗豐富的方淑莊，如何突破框框，呈獻精彩的故事，刻劃難忘的角色。

蒲葦

蒲葦簡介

　　資深中學中文、文學科主任，明報教育專欄作者、教學參考書編者、大學中文教學顧問，多次應邀主講寫作及教學講座。編著作品包括《我要做中文老師》、《寂寞非我所願》、《說話考試不離題》、《DSE 中文科 16 課必考文言範文精解》等。

每次來到考試的季節，家長都會很緊張，雖說求學不是求分數，但情緒免不了會被考試分數所牽動。為了協助子女發揮最佳表現，父母使盡渾身解數，陪太子讀書也不在話下。說到最令父母頭疼的科目，中文科一定逃不過。

中文科考試就像「打大佬」，原因是考核的內容夠多，範圍夠廣，靠努力之餘，還要靠一點點運氣。

說來也是，能在中文科取得佳績，單靠溫習課本並不足夠。曾有二年級的家長告訴我，經歷過差不多兩年的考試，他得出了一個結論，中文試卷的試題分為兩類，第一類是可預備的，例如填充、標點、造句、各種語文知識運用、課本上的成語及詩詞等，它們溫習時皆有路可尋，只要學生多下苦功，要「穩陣」過渡絕對不難。第二類是無須預備的，例如重組句子和閱讀理解等。原因不是因為他覺得自己的孩子很有本事，而是儘管下了苦功，也是徒然，他說罷苦笑了一下。從他的眼神中，我深深感受到一份無奈。我同意閱讀理解殺人於無形，因為多勤奮的學生也可以敗在它手中。

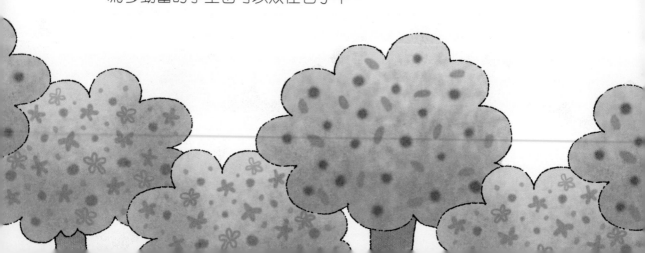

「我買了好幾本補充練習，孩子天天都在做閱讀理解，不知道為何他總在這部分失分最多。」這句說話道出了不少家長的心聲。做閱讀理解練習對認識考核模式、題型、速度控制也有好處，卻用不着每天埋頭去做。透過操練來提升做閱讀理解的能力，恐怕會得不償失，未收成效已減低了孩子的學習興趣。

那不用苦練，難道只能單靠閱讀課外書？長遠來說，多閱讀一定能提升語文能力，但要提升做閱讀理解時的準繩度卻未必能立竿見影。

不少學生做閱讀理解像做心理測驗一樣，隨心而選，結果慘不忍睹，原因是他們欠缺適當的策略。面對着一篇陌生的文章，如何能夠有效地理解內容，並準確地選取答案、推敲詞語意思、歸納人物性格、選詞填充等，都有一套具體而有效的方法。只要能好好掌握和運用，做閱讀理解就不是一件難以捉摸的任務了。

方淑莊

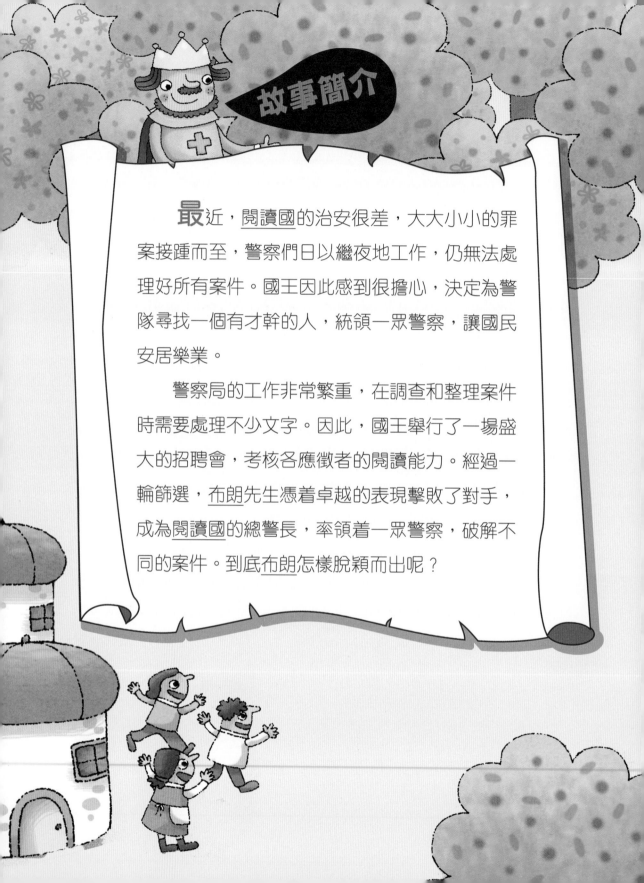

最近，閱讀國的治安很差，大大小小的罪案接踵而至，警察們日以繼夜地工作，仍無法處理好所有案件。國王因此感到很擔心，決定為警隊尋找一個有才幹的人，統領一眾警察，讓國民安居樂業。

警察局的工作非常繁重，在調查和整理案件時需要處理不少文字。因此，國王舉行了一場盛大的招聘會，考核各應徵者的閱讀能力。經過一輪篩選，布朗先生憑着卓越的表現擊敗了對手，成為閱讀國的總警長，率領着一眾警察，破解不同的案件。到底布朗怎樣脫穎而出呢？

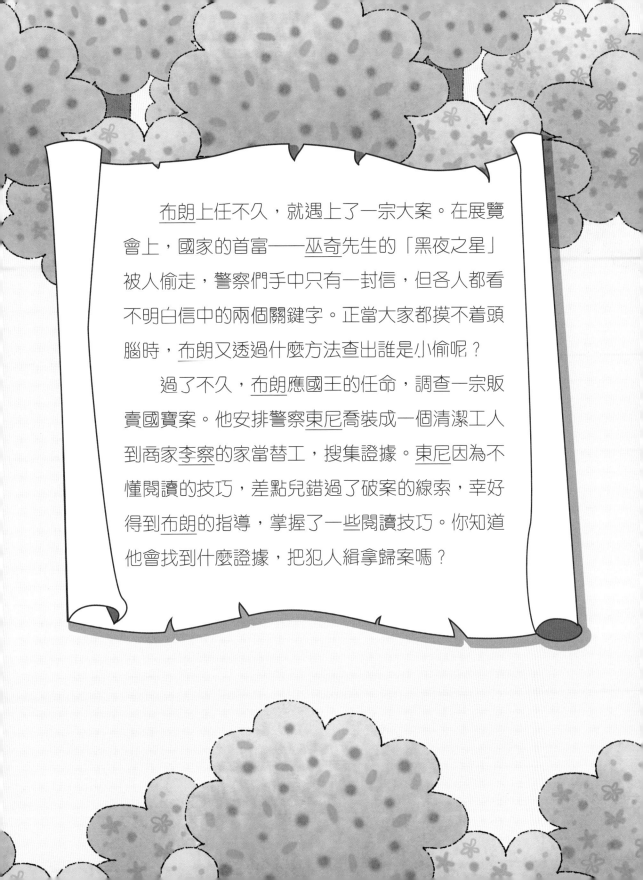

　　布朗上任不久，就遇上了一宗大案。在展覽會上，國家的首富——巫奇先生的「黑夜之星」被人偷走，警察們手中只有一封信，但各人都看不明白信中的兩個關鍵字。正當大家都摸不着頭腦時，布朗又透過什麼方法查出誰是小偷呢？

　　過了不久，布朗應國王的任命，調查一宗販賣國寶案。他安排警察東尼喬裝成一個清潔工人到商家李察的家當替工，搜集證據。東尼因為不懂閱讀的技巧，差點兒錯過了破案的線索，幸好得到布朗的指導，掌握了一些閱讀技巧。你知道他會找到什麼證據，把犯人緝拿歸案嗎？

閱讀技巧一：**直接選取**

誰來當總警長？

最近，<u>閱讀國</u>的治安很差，警察們忙得不可開交，甚至通宵達旦也不能把工作完成，大量案件還未處理，國王覺得需要重整一下警隊，所以他想招聘一個有才智、辦事能力高的人來統領一眾警察。

經過一輪篩選，只有<u>阿森</u>和<u>布朗</u>能通過考驗。他們都很聰明，各有優勝之處，<u>阿森</u>是個很勤勞的人，記性很好，他在一所著名的學校畢業，成績名列前茅；<u>布朗</u>既聰明又機警，以前在<u>句式國</u>當過偵探，曾替<u>句式國</u>國王破解了很多奇案，可是為人飄忽不定，

很難捉摸，幾年前辭職後，隱居了一陣子。

　　國王對他們的表現都很滿意，為了選出一個最佳人選，便請他們再接受一個挑戰。國王說：「能夠在眾多應徵者中突圍而出，證明你們都很有才智，然而警察局的工作非常繁重，每天有很多事情要處理，當中涉及不少文字記錄，因此我們更需要一個閱讀能

力高的領袖，快而準地處理案件。」國王給他們每人一個文件夾，裏面有幾宗案件，然後給他們十分鐘時間來閱讀，再回答相關的問題，誰能在限時內準確回答問題，誰就勝出。

阿森心裏很擔心，自言自語地說：「雖然我一向記性好，但怎可能在十分鐘內看完案件，還要記住所有內容呢？」可是，當他看到漏斗開始計時，便不敢耽誤①，拼命地埋頭②苦讀，嘗試把內容記住。旁邊的布朗並沒有因此而緊張起來，他輕鬆地翻開手上的文件夾，很快便看完了幾宗案件，然後閉上眼睛休息。阿森看見了，心想：布朗的記

釋詞　① 耽誤：因延遲而誤事。
　　　　② 埋頭：集中精神，專心致力於一件事。

13

性一定不及我，難道他放棄了？然後，繼續細心地看手上的文件。

十分鐘過去了，阿森盡力地把部分資料記住了。國王打開文件夾中的第一份檔案，說：「我先考一考你們第一宗案件，這是關於賣假古董的案件。」阿森心裏很高興，因為他把這宗案件的內容背得滾瓜爛熟[1]。國王向他問的幾道問題，他連案件的資料都不看，就能又快又準確地回應。而布朗卻一面看着文件夾裏的資料，一面用筆畫了一些記號，才回答問題。他回答的速度比阿森慢多了，幸好仍能在限時內完成。各人都對阿森的表現讚不絕口[2]，認為他就是最佳的人

釋詞

[1] 滾瓜爛熟：滾落在地上的瓜，熟透了。用來比喻極為純熟流利。

[2] 讚不絕口：讚美的話說個不停，形容對人或事物十分讚賞。

選。

接着，國王隨手抽起一宗案件，然後説：「現在我們一起來看看一宗關於裁縫老太太失錢箱的案件。」這時，阿森表現得有點緊張，因為他並沒有把這案件的內容背熟，只好馬上把案件的紀錄翻出來，而旁聽的布朗依然是一副從容不迫[1]的樣子。

國王一口氣問了幾道問題：「老太太收到多少訂金？那個男子的打扮是怎樣的？老太太在什麼時候感到頭暈，迷迷糊糊的？」阿森戰戰兢兢[2]地把資料從頭看起，可是在限時內仍不能把答案全部找出來。旁邊的布朗用筆畫了幾下，就信心十足地説出正確的

釋詞 [1] 從容不迫：鎮定，不慌不忙。
　　　[2] 戰戰兢兢：形容十分害怕或小心謹慎的樣子。

15

答案。<u>阿森</u>看見<u>布朗</u>全程表現得非常淡定，
還可以答對所有的提問，心裏覺得很好奇，
不敢相信<u>布朗</u>的記性那麼好。

　　大家都對<u>阿森</u>的表現有點兒失望，國王
宣布<u>布朗</u>將成為<u>閱讀國</u>的總警長，負責統領
<u>羅德</u>警長及警察們，維持國家的秩序，還為
他頒發了一面總警長的勳章。

離開皇宮後，<u>阿森</u>忍不住問<u>布朗</u>，怎樣才可以在那麼短的時間內把資料記住，<u>布朗</u>把手上的文件夾交給<u>阿森</u>，說：「我沒有把資料記住，因為我根本做不到。不過，根據國王的提問，直接從資料中選取答案，不是更有效嗎？」<u>阿森</u>連忙翻開了文件夾中的檔案，看看<u>布朗</u>怎樣選取答案。

直接選取

詞義推敲

刪除

直接選取

詞義推敲

刪除

一大清早，裁縫老太太回到位於<u>東村</u>的店裏，忙着為客人縫製衣服。大概十時左右，幾位訂了衣服的顧客先後來了交 訂金 ，共有三千元。老太太正要用來交下個月的租金，她小心翼翼地把錢放進錢箱，便繼續工作。

過了一會，有一對夫婦走進店裏，老太太記得他們這兩天都在櫥窗前東張西望，徘徊了幾次。他們一走進店裏，就說要做櫥窗裏展示着的晚裝，那個 男子 很沉默，不太說話，而且 打扮 得很特別，穿了一件深綠色的外套，一條棕色的長褲，看起來像一棵大樹。那個女子打扮得很高貴，扣着一個蝴蝶圖案的胸針，手上拿着一個大皮包。她的談吐很大方，也很有禮貌。

她在言談間知道老太太還未吃早餐，便從皮包裏拿出一袋曲奇，請老太太吃了一塊。正當老太太拿出軟尺來為她度身時，突然感到有點頭暈，眼前迷迷糊糊的，跌跌撞撞地走到椅子上，躺下來休息，其間隱約看到那個男子拿着錢箱走了，女子跟隨其後。可是，老太太卻說不出話來，眼巴巴①讓他們逃走了，到清醒過來的時候，店裏的錢箱已經不見了。

　　警察接報到場後，在店裏拿走一些證據，現正通緝夫婦二人。

釋詞　① 眼巴巴：形容急切地看着不如意的事情發生，卻無可奈何。

這時，<u>阿森</u>明白了能夠根據問題，直接從資料中選取答案，比單靠自己的記憶力更為有效呢！

直接選取

詞義推敲

刪除

閱讀小教室

　　布朗不像阿森一樣有好記性，但他有更好的閱讀方法。他只是用很短的時間把所有檔案速讀一次，再根據國王提問中的關鍵字，從文字中直接選取答案，成功通過了國王的測試，擊敗阿森，成為閱讀國的總警長。

什麼是「直接選取」？

　　「直接選取」是指透過問題中的關鍵字，直接從文章中找出答案的位置，再直接選取答案。

如何使用「直接選取」？

　　做閱讀理解時，我們不可能漫無目的地在文章中找答案。因此，我們要先把文章速讀一次，讓自己有一個初步的概念，然後根據問題中的關鍵字，直接找出答案所在的位置。

　　這個技巧較適用於一、二年級的學生，因為這個階段的閱讀理解題目多是直接和簡單的，主要是考核學生對生字和內容大意的理解。因此，很多時都可以從文章中直接選取答案。

做閱讀理解時，很多學生都會像阿森一樣，先把文章仔細地閱讀，然後憑着記憶或感覺去回答問題，但這是一個很不可靠的方法。第一，我們做閱讀理解時有時間限制；第二，我們很難會做到過目不忘；第三，在不少選擇題當中，會出現一些相近或很容易令人混淆的選項，因此只有在文章確確實實出現過的，才能肯定是正確的答案。

當我們使用這個方法時，可以學習布朗一樣，把問題的關鍵字圈出來，然後在文章中找出答案的大概位置，並在答案下畫線。

例子：

一大清早，裁縫老太太回到位於東村的店裏，忙着為客人縫製衣服。大概十時左右，幾位訂了衣服的顧客先後來了交訂金，共有三千元。老太太正要用來交下個月的租金，她小心翼翼地把錢放進錢箱，便繼續工作。

過了一會，有一對夫婦走進店裏，老太太記得他們這兩天都在櫥窗前東張西望，徘徊了幾次。他們一走進店裏，就說

要做櫥窗裏展示着的晚裝，那個 男子 很沉默，不太說話，而且 打扮 得很特別，穿了一件深綠色的外套，一條棕色的長褲，看起來像一棵大樹。那個女子打扮得很高貴，扣着一個蝴蝶圖案的胸針，手上拿着一個大皮包。她的談吐很大方，也很有禮貌。

她在言談間知道老太太還未吃早餐，便從皮包裏拿出一袋曲奇，請老太太吃了一塊。正當老太太拿出軟尺來為她度身時，突然感到有點 頭暈，眼前迷迷糊糊的，跌跌撞撞地走到椅子上，躺下來休息，其間隱約看到那個男子拿着錢箱走了，女子跟隨其後。可是，老太太卻說不出話來，眼巴巴讓他們逃走了，到清醒過來的時候，店裏的錢箱已經不見了。

警察接報到場後，在店裏拿走一些證據，現正通緝夫婦二人。

國王的提問一：老太太收到多少訂金？

問題的關鍵字：訂金

答案：三千元

國王的提問二：那個男子打扮是怎樣的？

問題的關鍵字：男子，打扮

答案：穿了一件深綠色的外套，一條棕色的長褲

國王的提問三：老太太在什麼時候感到頭暈，迷迷糊糊的？

問題的關鍵字：頭暈，迷迷糊糊的

答案：正當老太太拿出軟尺來為她度身時

先速讀文章一次，然後選出問題中的關鍵字，並在文章中直接選取答案。

一、

　　阿星喜歡一面走路，一面聽音樂，任何時間都會戴着耳機，聽着他喜歡的流行歌。

　　一天，他外出找朋友，正當他想橫過一條繁忙的馬路時，沒注意到一輛汽車正好駛過來。司機不斷響號，可是他正沉醉於音樂之中，沒有留意到。雖然司機即時剎車，但還是把他撞倒了。幸好，他只是受了輕傷，在醫院休息了一天便出院了。

　　經過這次教訓，他決心要改掉壞習慣，以後不再一面走路，一面聽音樂了，過馬路時還會小心看清楚路面的情況。

1. 阿星最愛戴着耳機做什麼？

_____

2. 為什麼<u>阿星</u>沒有留意到響號的聲音？

_____

3. <u>阿星</u>有什麼壞習慣？

_____

二、

　　<u>當當</u>很不喜歡在家裏吃飯，不管是肉，還是菜，總是吃得很少。他最喜歡到快餐店吃薄餅，所以一到假日，即使媽媽已做好飯菜，他都會嚷着要到餐廳吃晚餐。

　　為了改善<u>當當</u>的壞習慣，爸爸跟<u>當當</u>說：「<u>當當</u>，明天是星期日，我要跟你做一個特別任務，你記得要早點起牀啊！」第二天的一大清早，爸爸就來吵醒<u>當當</u>，時間比平日上學的日子更要早呢！<u>當當</u>累得眼睛也幾乎睜不開了。

　　爸爸把<u>當當</u>帶到家附近的菜市場，說：「今天，我們的特別任務是跟蹤媽媽！」<u>當當</u>覺得這個任務很有趣，他和爸爸要偷偷地跟在媽媽的後面，觀察她的一舉一動。<u>當當</u>看到媽媽在菜檔和肉檔買了很多食材，然後又走到又濕又滑的海鮮檔。她蹲在攤檔前好幾分鐘，然後在盆裏挑了一尾又大又新鮮的魚，站起來的時候，還不小心

摔了一跤，褲子都被地上的水弄濕了。<u>當當</u>本想上前扶起媽媽，但又怕被她發現。

　　買完菜後，媽媽提着一個大籃子離開菜市場，她又熱又累，滿頭大汗的，<u>當當</u>看到後很心痛。他終於明白媽媽每天用心地買菜做飯，他不應該白費她的心思。

1. <u>當當</u>最喜歡吃什麼？

_____

2. 爸爸把<u>當當</u>帶到哪裏去？

_____

3. 他們的特別任務是什麼？

_____

4. 媽媽在海鮮檔買了什麼？

_____

5. 為什麼媽媽會滿頭大汗？

_____

閱讀技巧二：詞義推敲

不翼而飛的黑夜之星

　　巫奇先生是閱讀國的首富，為人吝嗇，卻愛炫耀；對人一毛不拔[①]，卻揮霍[②]於不同的珍品。早前，他得到了一顆名貴的寶石——黑夜之星，那顆寶石晶瑩剔透[③]，一看就知道是價值連城。巫先生把它放在家裏的藏寶閣，每天早上，他都會先拿出寶石欣賞一番，替它抹走塵埃，再珍而重之地放回

釋詞

① 一毛不拔：連一根毛也不肯拔，比喻為人非常吝嗇、自私。

② 揮霍：浪費金錢。

③ 晶瑩剔透：光亮透明的樣子。

盒子裏，然後才安心出門。

一天早上，<u>巫</u>先生如常到藏寶閣去，他看着手中的寶石，忽發奇想：這麼美的寶石只放在盒子裏，真是可惜！既然擁有這顆珍

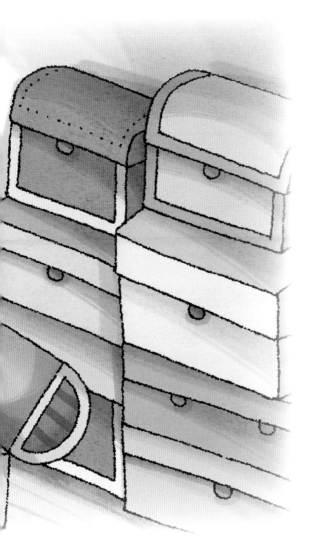

直接選取

詞義推敲

刪除

貴的寶石，何不讓更多人知道，更多人羨慕呢？於是他決定籌辦一個展覽會，讓更多人可以一睹黑夜之星的風采。

展覽會訂於下個月一號舉行，屆時很多達官貴人[1]都會獲邀出席，巫先生開始悉心籌備，他的管家也忙着打點一切。

在展覽會的前一天，一件古怪的事情發生了。當天早上，一個小農夫如常在市集裏

釋詞　① 達官貴人：高級官員和社會地位顯要的人。

擺檔賣橘子，一個穿着灰黑色衣服，戴着一頂帽子的男子走來，隨手拿了一個來吃，然後從口袋裏掏①出錢來，放在攤檔上，一聲不響地走了。

小農夫看到有一封信從那個男子的口袋中跌出來，便趕緊追上前。可是，他看到農夫從後追着，不但沒有停下來，還朝着村口方向慌忙地逃走。

農夫覺得很奇怪，本想把信扔掉，但想到那個人行為鬼鬼祟祟②，便決定把信交到警察局。警長羅德打開信一看，嚇了一跳，不禁大喊：「哎！這⋯⋯這真是一件重大的案件！可是布朗有事外出，現在還沒有回來。」

釋詞　① 掏：從某個空間取出東西。
② 鬼鬼祟祟：行事不光明的樣子。

33

信的內容是這樣的：

> 　　明天展覽會的事已處理好，黑夜之星一定能得手。我已安排一個高手進入會場，趁巫先生拿出寶石時就會偷走。那高手以前是一個英勇的獵人，眼界準確，身手敏捷，而且很勇敢。他以前曾徒手跟一隻兇猛的獅子搏鬥，被抓傷後仍奮力對抗，手上還有瘡痍呢！這個高手一定可以完成任務，請放心！

　　沒有<u>布朗</u>的協助，<u>羅德</u>感到很無助，只好盡力而為。他相信那個男子是計劃偷取寶石的其中一人，小農夫拾到的信為警察們帶

來了一點線索，可是當中仍有很多解不開的疑團，信中沒有上款，沒有下款，小農夫也看不清楚那個男子的模樣，大家根本不會知道那個人是誰。

羅德考慮了一會，說：「信中還提及了一個高手，只要我們能抓住那個高手就能破案了。」

一個小警員戰戰兢兢地說：「不過，信中有兩個字很難，我看不明白。」可是，那兩個字正是破案的關鍵，那個高手的手上究竟有什麼呢？還是他拿着什麼東西呢？警察們費盡思量[①]仍未能了解箇中[②]真相。

展覽會終於到了，警察們嚴陣以待。巫

釋詞　① 費盡思量：耗費精神去思考衡量。
② 箇中：當中、其中。

先生邀請了十個嘉賓，全都是達官貴人，甚至連閱讀國的國王都來湊熱鬧。他們陸續到場，羅德表現得非常緊張，一直盯着台上放着黑夜之星的盒子，至於其他警員則注意着來賓的一舉一動。

經過一輪的表演節目和演講，緊張的時刻終於來臨了！巫先生神氣地說：「萬眾期

直接選取

詞義推敲

刪除

待的黑夜之星要跟大家見面了！」說罷就小心翼翼地從盒子裏拿出寶石來。大家的目光都被這顆晶瑩剔透的寶石吸引住了，就在這時，房間裏的燈突然閃了幾下，接下來就傳來<u>巫</u>先生的叫喊聲：「誰偷走了我的寶石？」<u>羅德</u>一時不能反應過來，想不到就在這幾秒間，黑夜之星已經不翼而飛。<u>巫</u>先生

催促①着他快找出偷走寶石的人，國王也在旁邊等着他查出真相。

羅德十分焦急，他根本不知道誰是小偷。他心想：究竟在信中提及的高手是誰呢？那兩個看不明白的字又是什麼意思呢？一個小警員說：「『瘡痍』的意思是不是指『毒瘡』呢？」另一個小警員又說：「『瘡痍』是不是一些武器的名稱呢？」大家都議論紛紛，想出不同的可能性。

羅德細心看着各個嘉賓的手，當中有兩個人戴着手錶，三個人拿着錢袋，另外五個人手上什麼都沒有。不過，他們當中一個手上有胎記，有一個手上有疤痕。他心想：這

釋詞　① 催促：促使趕快進行某件事，或使某件事的進程加快。

裏都是有名望的人，未有確實證據之前，絕不能隨意搜身。

國王有點不耐煩，急着要<u>羅德</u>找出小偷：「還要我們等多久呢？究竟是誰偷走了黑夜之星？」<u>羅德</u>吞吞吐吐地說：「我……我只知道小偷手上有一點東西……那個手上有點東西的就是小偷……」話還未說完，國王就生氣地說：「你究竟在說什麼？什麼手上有一點東西？我手上有一個權杖，難道我是你要找的小偷嗎？」

正當國王要處罰<u>羅德</u>的時候，總警長<u>布朗</u>剛騎着馬車回來，警察們頓時鬆了口氣，連忙把「瘡痍」這個詞語寫在一張紙上問<u>布朗</u>，可是<u>布朗</u>搖搖頭，說：「我也不認識這個字。」<u>羅德</u>感到不知所措，絕望地說：「這次連<u>布朗</u>都幫不上忙了！」

　　這時，<u>布朗</u>從警察們手上拿起那封信來看，沉思了一會兒，然後請各人舉出雙手。接着，<u>布朗</u>命令警察抓住一個手上有疤痕的男子，便說：「小偷就在這裏！」果然，在他身上找出了黑夜之星。

　　各人都對布朗先生的判斷感到讚歎，<u>布朗</u>指着信上兩個很難的字，說：「雖然我不會那兩個字，但我沒有說過我不知道誰是小偷呢！」

　　你們知道為什麼<u>布朗</u>會認為信中的兩個難字有「疤痕」的意思呢？

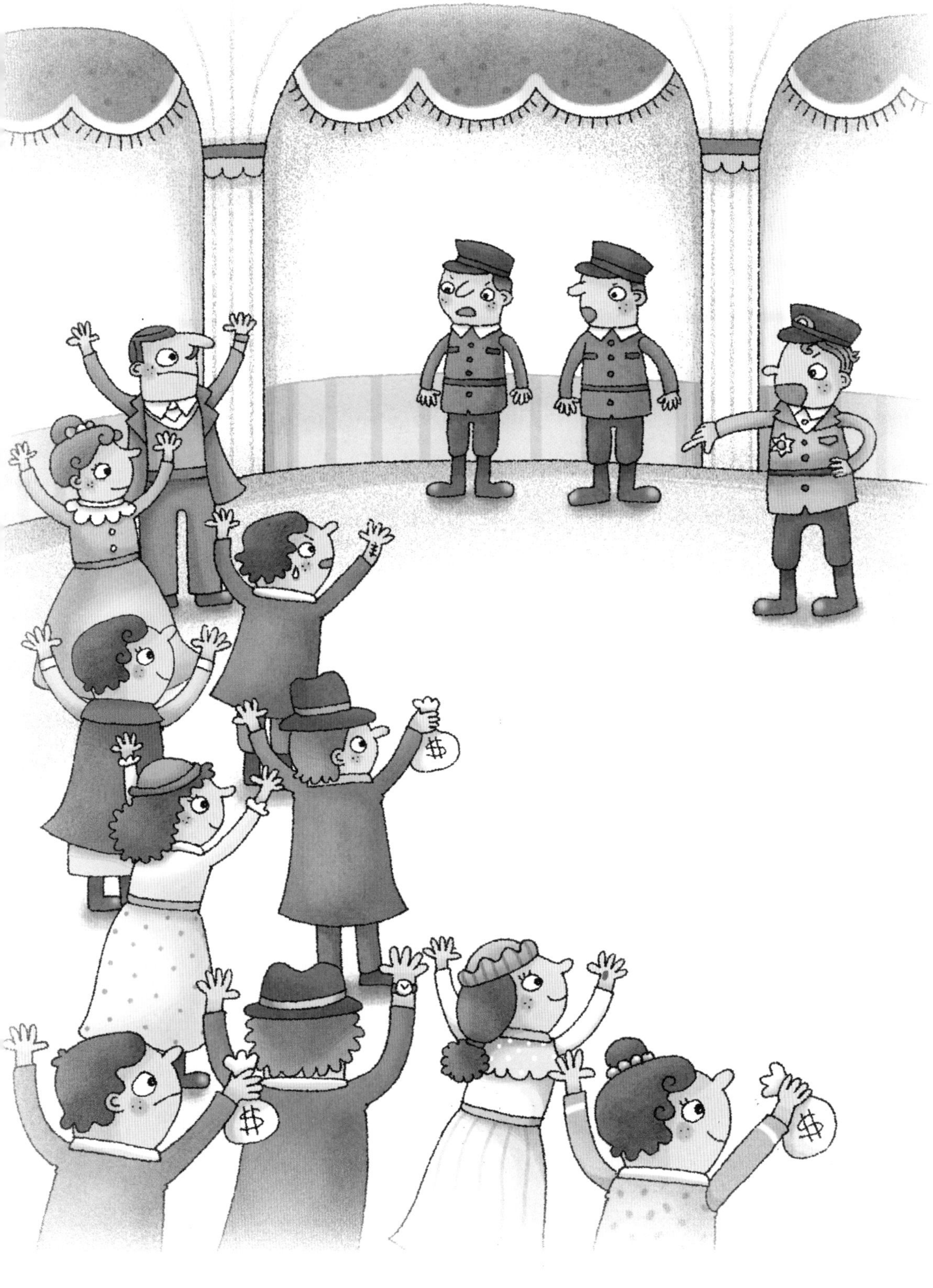

羅德不懂「瘡痍」一詞，不知道小偷的手上有什麼東西，警察們都在猜想着不同的可能性，但又不敢隨便搜身。國王已沒有耐性，要他們馬上找出真相。幸好，總警長布朗及時趕到，他用了「詞義推敲」的方法來推斷那兩個難字是「疤痕」的意思，成功找回黑夜之星。

什麼是「詞義推敲」？

「詞義推敲」是指透過文章的上文下理來推測詞義。在推斷的過程中，我們不一定可以知道字詞的全部意思，卻能夠推斷出詞語的範圍（即是詞語大概的意思）和詞語的色彩（即是詞語屬於褒義、中性，還是貶義）。

如何使用「詞義推敲」？

當我們閱讀時，總會遇到一些不會的詞語，阻礙我們的理解。這時，我們就可以用「詞義推敲」的方法，利用文意脈絡來推斷詞義。

警察們議論紛紛，猜想兩個難字的意思。羅德警長細心看着各個嘉賓的手，當中有人戴着手錶，有人拿着

錢袋，有人手上有胎記，有人手上有疤痕，還有人手上什麼都沒有，布朗卻能從信中內容斷定手上有疤痕的就是真正的小偷。

讓我們來看看他是透過什麼線索來推敲出「瘡痍」一詞有「疤痕」的意思。

這個技巧較適用於一、二年級的學生，因為這個階段的閱讀理解題目多是直接和簡單的，主要是考核學生對生字和內容大意的理解。因此，很多時都可以從文章中直接選取答案。

直接選取

詞義推敲

刪除

「那高手以前是一個英勇的 獵人 ，眼界準確，身手敏捷，而且很勇敢。他以前曾徒手跟一隻兇猛的 獅子搏鬥 ，被 抓傷 後仍奮力對抗，手上還有瘡痍呢！」

初步分析： 信中提到小偷以前曾是個獵人，跟獅子搏鬥過，還特意提到他被抓傷。

進一步推斷： 所以小偷手上的東西，可能是指被獅子抓傷了的位置，即是疤痕了。

43

遇到不會的詞語，我們除了利用上文下理來推想範圍，有時還可以從詞語的字形和部首來輔助一下，信中兩個字屬「疒」部，指身體上不正常的狀況，所以「疤痕」也符合這個意思。

例子：

她最近精神恍惚，工作時 錯漏百出 ，說話時 詞不達意 ，好像有什麼心事。

初步分析：恍惚形容精神，句子中提到工作時表現不好，說話時不清楚，所以「恍惚」應該是貶義的詞語，大概是精神不集中的意思。此外，「恍惚」二字都是屬「心」部，也與「心情」有關。

進一步推斷：「恍惚」應該是一種負面的心情和精神表現，大概是做事不集中，神志不清的意思。

閱讀理解練習

一、下面綠色的詞語是什麼意思？嘗試用「推敲」的方法來推斷句子中詞語的意思。

例 今天是派發成績表的日子，上學的路上，我的心情很忐忑，猜想着自己的分數。

初步分析： 「忐忑」是形容心情的，句子中提及到「派發成績表」，也提及到「猜想着自己的分數」，應該是指等待時的緊張心情和不安。（參考答案）

進一步推斷： 「忐忑」應該有心情不定、心裏不安的意思。（參考答案）

45

1. 剛下了一場大雨，周圍濕漉漉的，行人都穿上雨靴。

初步分析：＿＿＿＿＿＿＿＿＿＿＿＿＿＿＿＿＿＿

＿＿＿＿＿＿＿＿＿＿＿＿＿＿＿＿＿＿＿＿＿＿。

進一步推斷：＿＿＿＿＿＿＿＿＿＿＿＿＿＿＿＿

＿＿＿＿＿＿＿＿＿＿＿＿＿＿＿＿＿＿＿＿＿＿。

二、閱讀文章時，遇上不明白的詞語，也可用「推敲」的方法來推斷詞義，就不會影響理解了。試試看！推斷以下句子中綠色的詞語。

　　我家的後院有一棵大樹，樹上住着一隻雛鳥。牠才出生了幾天，還未學會飛。每天早上，牠都會在巢中等待母親歸巢，然後喳喳地嚷着要吃蟲子。

　　晚上，外面下着滂沱的雨，窗戶被雨打着，發出「啪啪」的響聲，我們都躲在家裏不敢外出。風雨過後，我想起那樹上的雛鳥，便獨個兒到後院看看。怎料，我看到一個掉落的巢穴，裏面的小雛鳥，嗷嗷待哺，令人看了好心疼！我連忙拿來長梯，爬到樹上，嘗試把巢穴放回樹上。

　　過了一會兒，牠的母親叼小蟲回來哺餵，看到這個相聚的畫面，我感動極了！

1. 雛鳥

初步分析： ＿＿＿＿＿＿＿＿＿＿＿＿＿＿＿＿＿＿

＿＿＿＿＿＿＿＿＿＿＿＿＿＿＿＿＿＿＿＿＿＿。

進一步推斷： ＿＿＿＿＿＿＿＿＿＿＿＿＿＿＿＿

＿＿＿＿＿＿＿＿＿＿＿＿＿＿＿＿＿＿＿＿＿＿。

2. 滂沱

初步分析： ＿＿＿＿＿＿＿＿＿＿＿＿＿＿＿＿＿

＿＿＿＿＿＿＿＿＿＿＿＿＿＿＿＿＿＿＿＿＿＿。

進一步推斷： ＿＿＿＿＿＿＿＿＿＿＿＿＿＿＿＿

＿＿＿＿＿＿＿＿＿＿＿＿＿＿＿＿＿＿＿＿＿＿。

3. 叼

初步分析： ＿＿＿＿＿＿＿＿＿＿＿＿＿＿＿＿＿

＿＿＿＿＿＿＿＿＿＿＿＿＿＿＿＿＿＿＿＿＿＿。

進一步推斷： ＿＿＿＿＿＿＿＿＿＿＿＿＿＿＿＿

＿＿＿＿＿＿＿＿＿＿＿＿＿＿＿＿＿＿＿＿＿＿。

47

閱讀技巧三：刪除

限時的任務

　　有一天，國王收到情報，有人將會向鄰國販賣閱讀國國寶。他對這事件非常緊張，下令總警長布朗徹底調查。經過連日的追查，布朗鎖定目標，認為犯案的人就是大商家李察。為了人贓並獲[①]，又不打草驚蛇[②]，布朗正想着辦法，希望可以到他家調查一番。剛巧李察家的一個清潔工人請了一星期

釋詞

① 人贓並獲：表示一個人犯法，罪行與贓物同時被發現的意思。

② 打草驚蛇：比喻行事不周密，使對方有所察覺、預先防備。

假回鄉，布朗便安排了一個新入職的警察東尼喬裝成一個清潔工人來當替工。

東尼換上一身制服，一面忙着打掃，一面監察着目標人物的一舉一動。這幾天李察都躲在書房裏埋頭苦幹，除了午飯後到院子散步幾分鐘，幾乎足不出戶。東尼只能把握這段短短的時間潛入書房，尋找證據。他的動作一定要快，因為萬一李察提早回來，他又被發現的話，後果就不堪設想①了。

東尼觀察了李察四天，發現他每天的生活都很有規律。第五天，東尼終於鼓起勇氣踏進書房，他在桌上找到一封剛收到的信，

- -

 ① **不堪設想**：事情的結果不能想像，指會發展到很壞或很危險的地步。

內容是這樣的：

直接選取

詞義推敲

刪除

李察先生：

　　你好！聽說你是一個收藏家，家中有不少珍藏，例如夜明珠、翡翠花瓶、水晶茶壺、水晶筷子、青花瓷古碗、黃金手鐲……我同樣是一個收藏家，尤其愛名貴的首飾，家中有紅寶石吊墜、琥珀髮簪、古玉佩、翡翠耳環、青銅手鐲、珍珠戒指……我知道你手上有一頂藍寶石皇冠，晶瑩剔透，連修辭國的收藏家大衛先生都看上了。我想把藍寶石皇冠與我家中的紅寶石吊墜配成一套，來送給太太，她一定很高興，否則她會很失望，也浪費了那顆珍貴的紅寶石吊墜了。

　　　　　　　　　　　　古先生

東尼想過直接把信拿走，但又擔心會被李察發現，他知道這封信上的資料很重要，可是信上的字太多了，他根本不可能把全部記下來。在情急之下，他決定把字抄在手中的抹布上。他一面抄，一面留心觀察着外面的情況。過了幾分鐘，他聽到踏踏的腳步聲，便馬上離開書房，到外面裝作掃地了。

下班後，<u>東尼</u>向<u>布朗</u>匯報調查的進度，他戰戰兢兢地拿出一塊抹布，上面寫了一些文字：

李察先生：

　　你好！聽說你是一個收藏家，家中有不少珍藏，例如夜明珠、翡翠花瓶、水晶茶壺、水晶筷子、青花瓷古碗、黃金手鐲……我同樣是一個收藏家，尤其愛名貴的首飾，家中有紅寶石吊墜、琥珀髮簪、古玉佩、翡翠耳環、青銅手鐲、珍珠戒指……

53

看完了東尼寫的字，布朗焦急地問：「還有其他資料呢？他們正想進行什麼買賣？是哪一個貴重的珍品呢？誰是買家？為什麼都沒有說？」東尼不好意思地說：「我只是記下了這些，因為時間實在太短了！我觀察了幾天，李察每天足不出戶，我只能趁着他飯後出外散步的幾分鐘走進他的書房，加上信上的字又多，我已經很盡力了。」

　　布朗表現得十分緊張，要是錯過了這次機會，找不到破案的線索，就要眼巴巴地讓李察把國寶賣出去了，國王也會怪罪下來。布朗知道，要在有限的時間內找到破案的線索，就一定要教導東尼如何在短短的時間裏記下信的重點。

　　布朗教導東尼一個簡單的方法，他說：「我們要知道的是信的重點，而不是所有內

容，所以越扼要①越好。你要學習把信中不重要的句子刪去，就能縮短內容，又能保存完整的意思。」

東尼的樣子看起來有點為難，他說：「可是，我不知道需要什麼資料，我不敢斷定②哪些是重要的資料，哪些是不重要的資料呢！」布朗補充說：「所以你要刪除一些對理解無甚幫助的句子，剩下來的就是重要的信息了。一般來說，它們有三種，一是舉例的內容，二是意思重複的文字，三是解釋的理由，它們即使被刪去也不會影響我們理解內容的。」

布朗指着東尼手中的抹布，說：「夜明

釋詞
① **扼要**：多指發言或寫文章時抓住重點。
② **斷定**：決斷地認定、下結論。

珠、翡翠花瓶、水晶茶壺、水晶筷子、青花瓷古碗、黃金手鐲……這些都是<u>李察</u>家中珍藏的例子，而『珍藏』一詞已經可以把它們概括了，可以不寫。紅寶石吊墜、琥珀髮簪、古玉佩、翡翠耳環、青銅手鐲、珍珠戒指……都是寫信人擁有的名貴首飾例子，而『名貴的首飾』一詞也可把它們概括了，可以不寫。你照着我教你的方法去做吧！」

到了第六天，<u>東尼</u>又準時去上班，他趁<u>李察</u>不在房間時找回了那封信，並按照<u>布朗</u>的話，先把信中不重要的句子刪去，然後把重要的內容記住：

直接選取

詞義推敲

刪除

李察先生：

你好！聽說你是一個收藏家，家中有不少珍藏，~~例如夜明珠、翡翠花瓶、水晶茶壺、水晶筷子、青花瓷古碗、黃金手鐲~~……（刪除舉例的內容）我同樣是一個收藏家，尤其愛名貴的首飾，~~家中有紅寶石吊墜、琥珀髮簪、古玉佩、翡翠耳環、青銅手鐲、珍珠戒指~~……（刪除舉例的內容）我

知道你手上有一頂藍寶石皇冠，晶瑩剔透，~~連修辭國的收藏家大衛先生都看上了。~~（刪除解釋的理由）我想把藍寶石皇冠與我家中的紅寶石吊墜配成一套，來送給太太，她一定很高興，~~否則她會很失望，也浪費了那顆珍貴的紅寶石吊墜了。~~（刪除解釋的理由）

古先生

東尼用了相若的時間，卻把信中所有的重要信息都記住了。從這些資料來看，布朗知道這次李察要販賣的國寶是藍寶石皇冠，而買家就是收藏家——古先生。東尼還聽到李察跟他的助手說，明天會收到另一封信，相信是關於二人見面的詳情。這次他很有信

心一定可以找出破案的關鍵。

　　到了上班的最後一天，東尼如常到書房門外等待時機，當李察一離開，他就開始工作，把信找出來。

李察先生：

　　我是一個瘋狂的收藏家，只要是心頭好，都會不惜成本地買下，~~所以價錢不是問題，只要我喜歡，多少錢我都會買的~~。（刪除意思重複的文字）我想約你本月的二十日早上十時到海灣餐廳一聚，~~因為那裏風景優美，座位寬敞，是我喜歡的餐廳~~。（刪除解釋的理由）

　　　　　　　　　　古先生

59

有了布朗的指導，東尼終於可以完成這次任務，刪除信中不重要的內容，精確地找出扼要的信息。警察們成功在海灣餐廳找到李察和買家古先生，並撿獲一頂藍寶石皇冠，交給閱讀國國王。

閱讀小教室

直接選取

詞義推敲

刪除

東尼得到了<u>布朗</u>的指導，學習了「刪除」的方法，從兩封信中選擇記下了重要的內容，省去了一些瑣碎、無關的細節，令自己更能集中地記住了破案的關鍵，為國王搜回了藍寶石皇冠。

什麼是「刪除」？

「刪除」是指在閱讀大篇幅的文章時，選擇記下重要信息的同時，又能保存完整的意思。把一些不重要的句子刪去，以免浪費心思去記下一些對理解沒甚幫助的細節，影響理解。

如何使用「刪除」？

有時候，我們看完一篇文章後，還是弄不清文章的重點所在，所以當我們閱讀大量的文字時，一定要懂得如何刪去一些無關重要的細節。

當我們要刪除一些對理解無甚幫助的句子，剩下來的就是重要的信息了。那麼，怎樣斷定哪些是不重要的資料？它們主要有三種，一是舉例的內容，二是意思重

複，三是解釋理由。它們即使被刪去，也不會影響我們理解內容的。

例子：

1. 媽媽的工作很忙碌，~~每天煮飯、洗衣服、清潔家居~~，所以我們要多做家務，減輕她的負擔。（刪除舉例的內容）

2. 我很喜歡獨自在沙灘漫步，一面聽着浪聲，一面靜心思考，面對自己的人生，~~所以我喜歡一個人到沙灘漫步。~~（刪除意思重複的文字）

3. 這道麻辣豆腐是最受歡迎的小菜，令人又愛又恨。~~愛，是因它令人醒胃；恨，是因它令人嘴唇麻痺。~~（刪除解釋的理由）

閱讀理解練習

試運用「刪除」的方法，以橫線刪去不重要的文字，找出段落中重要的信息，把答案寫在橫線上。

一、

春天是充滿色彩的季節，五顏六色的花朵在園中綻開，杏花、香雪球、春蘭、迎春花、繡球花……讓人感覺置身於童話世界，充滿色彩。春天的雨水令人既愛又恨，我愛它令莊稼長得更綠；卻恨它弄得到處潮濕。

_____

_____

_____

_____

二、

　　夏天盛產水果，到市場走一趟，看到水果攤位都擺放着各式各樣的水果，芒果、桃子、西瓜、水蜜桃、龍眼、荔枝……各有特色。我最喜歡吃綠皮紅肉大西瓜，香甜多汁的西瓜肉，清涼解渴，令人一吃就難以忘懷。不過，西瓜屬寒性食物，脾胃虛寒，有慢性腸胃炎的人最好少吃。

答案

《誰來當總警長？》（P.26-28）

一、1. 關鍵字：戴着耳機；
　　　 答案：聽着他喜歡的流行歌

　　2. 關鍵字：響號、沒有留意到；
　　　 答案：他正沉醉於音樂之中

　　3. 關鍵字：壞習慣；
　　　 答案：一面走路，一面聽音樂

二、1. 關鍵字：最喜歡；
　　　 答案：到快餐店吃薄餅

　　2. 關鍵字：帶到；
　　　 答案：家附近的菜市場

　　3. 關鍵字：特別任務；
　　　 答案：跟蹤媽媽

　　4. 關鍵字：海鮮檔；
　　　 答案：一尾又大又新鮮的魚

　　5. 關鍵字：滿頭大汗；
　　　 答案：她又熱又累

《不翼而飛的黑夜之星》 (P.46-47)

一、1. 初步分析：「濕漉漉」是周圍環境的情況，句子中提及大雨，也提及穿上雨靴。此外，「濕漉漉」三字都是屬「水」部，應該與「水」有關。（參考答案）

　　　進一步推斷：「濕漉漉」應該是周圍環境很濕的意思。（參考答案）

二、1. 初步分析：文中提及牠才出生了幾天，還未學會飛。（參考答案）

　　　進一步推斷：「雛鳥」應該是指初生的鳥。（參考答案）

　　2. 初步分析：雨的形容詞，句子中提及窗戶被雨打着，發出「啪啪」的響聲。（參考答案）

　　　進一步推斷：「滂沱」應該是形容很大的雨。（參考答案）

　　3. 初步分析：「叼」屬「口」字部，也是指雛鳥母親拿着小蟲回來哺餵雛鳥的動詞。（參考答案）

　　　進一步推斷：「叼」應該是指用嘴夾住的動作。（參考答案）

《限時的任務》（P.63-64）

一、

春天是充滿色彩的季節，五顏六色的花
朵在園中綻開，~~杏花、香雪球、春蘭、迎春
花、繡球花⸺~~讓人感覺置身於童話世界，
~~充滿色彩~~。春天的雨水令人既愛又恨，~~我愛
它令莊稼長得更綠；卻恨它弄得到處潮濕。~~

春天是充滿色彩的季節，五顏六色的花朵在園
中綻開，讓人感覺置身於童話世界，春天的雨水令
人既愛又恨。

二、

夏天盛產水果，到市場走一趟，看到水果攤位都擺放着各式各樣的水果，~~芒果、桃子、西瓜、水蜜桃、龍眼、荔枝~~——各有特色。我最喜歡吃綠皮紅肉大西瓜，~~香甜多汁的西瓜肉，清涼解渴，令人一吃就難以忘懷。~~不過，西瓜屬寒性食物，脾胃虛寒，有慢性腸胃炎的人最好少吃。

夏天盛產水果，到市場走一趟，看到水果攤位都擺放着各式各樣的水果，各有特色。我最喜歡吃綠皮紅肉大西瓜，不過，西瓜屬寒性食物，脾胃虛寒，有慢性腸胃炎的人最好少吃。